사랑의 촛불은

사랑의 촛불은

초판 1쇄 인쇄   2014년 07월 09일
초판 1쇄 발행   2014년 07월 16일

지은이   임 연 숙
펴낸이   손 형 국
펴낸곳   (주)북랩
편집인   선일영   편집   이소현, 이윤채, 김아름
디자인   이현수, 신혜림, 김루리   제작   박기성, 황동현, 구성우
마케팅   김회란, 이희정
출판등록   2004. 12. 1(제2012-000051호)
주소   서울시 금천구 가산디지털 1로 168, 우림라이온스밸리 B동 B113, 114호
홈페이지   www.book.co.kr
전화번호   (02)2026-5777   팩스   (02)2026-5747

ISBN   979-11-5585-294-1 03810(종이책) 979-11-5585-295-8 05810(전자책)

이 도서의 국립중앙도서관 출판예정도서목록(CIP)은 서지정보유통지원시스템 홈페이지(http://seoji.nl.go.kr)와
국가자료공동목록시스템(http://www.nl.go.kr/kolisnet)에서 이용하실 수 있습니다.
(CIP제어번호 : 2014020809)

사랑의 촛불은

임 연 숙 시집

북랩 **book** Lab

생활에서 우러 나오는 감칠맛 나는

시를 쓰기 위해 부단히 노력해 왔다.

히말라야 같은 높은 산은 아니지만

좀 더 높은 산으로 오르고자 쉼 없이 걸었다.

삶과 죽음 사이의 고군분투,

그것이 나의 현재이다.

"푸른 것들이/ 나를 탁 친다." 「참쑥」과

같은 내 시 한 구절처럼

좀 더 푸른 세계로 가고 싶다.

몸은 아프지만

이제 다시 시작이다.

차 례

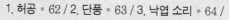

사랑의 촛불은 제 1 장

고 독

혼자만의 사랑으로
생각의 옷을 바꾼다

때로는 울고 웃으며
공간에 숨은
하나의 별을 찾아 간다

자음과 모음
어색한 배열로
하루를 조합해 본다

지상에 떠도는 언어들이
색색의 마디로 뾰족한
칼날처럼 밀어 댄다

한 마리 사슴
숲 속에서
주름진 목덜미를 할퀴고 있다.

사랑의 촛불은

아침

해가 웃는다
보랏빛 나팔꽃 웃고 있다

이슬방울에 세수하듯
싱그러운 공기 가슴 적신다

침대에서 맴돌던
안개 같은 유령의 생각들
아침 햇살을 타고
거리로 들로 나온다

둥지에서 깃털을 털며
하나씩 창을 여는 기쁨으로

임연숙 시집

사랑의 촛불은

그대들을 위해 피리를 불겠소
그대들을 위해 노래를 부르겠소

복사꽃 날리는 사월,
한발 두발 내딛는
어여쁜 한 쌍의 발걸음에
사랑의 샘이 솟고
축복의 햇살이 내리네

사랑의 촛불은
그대들의 영원한 앞날을
봄 햇살처럼 밝혀 주고

하얗게 세월이 가도
한결 같은 붉은 가슴으로
희망의 노를 저어 가고

그대들의 앞길에
파도가 있더라도
노 젓는 팔에 힘을 주십시오

강

침묵의 강이 흐른다.

입 다문 한의 목소리
마음을 싣고
흐름을 기억하지 않는다.

억새풀 강둑에서
고달픈 물살을 잠재우고
철새의 깃털이
만국기처럼 휘날린다.

세월의 행복과 아픔
딛고 건너가는 구름다리 같은
물살을 지나친다.

하늘빛 강가에 수를 놓는다.

임연숙 시집

너를 바라보는 순간

하나의 몸짓
한 떨기 꽃으로
웃고 있다.

사랑한다는 말
귓전에 맴돌다가
너를 바라보는 동안
나를 만들어 가는 인내와 끈기를
열린 마음을 배운다.

나는 너에게 큰 울타리를 치면서
때로는 고함치고 미워하면서도
비둘기 가슴 되어 비비면서
따뜻한 둥지를 틀고
숨결을 듣고 있다.

너의 눈동자가
내 가슴에 들어와
밝은 빛으로
반짝이고 있다.

빨래

하루에 얽힌 사연

세탁기 속에서
갈채를 하며
함성을 지른다.

세제와 어울려 춤을 추다가
땀에 찌든 구석
세상 밖으로 밀려 나간다.

살면서 묻은 죄
매일 기도하며
하루를 회상하듯이

곰팡이 핀 얼룩은
사라지지 못하고
어느 한 올 속에서
빛바래 가다가

임연숙 시집

고단한 빨래 통 속에서
다시 피어나는
옷감의 탱탱한 얼굴과 닿는다.

벽

불빛이 벽을 세우고 있다.

하얀 벽지에
먼지처럼 날렸던 얼룩들이
도배를 한다.

세상의 온갖 바람 막아가며
때로는 부딪혀 떨어지고
때로는 울부짖는 메아리로
돌아서서

기(氣)의 손

숲속 길에서 내민 손
사과 능금 빛이다.

우연히 마주친
후레쉬 사이로
백년 된 나무 그늘과 같이

땅과 하늘의 기운 받아
걷고 또 걸으니
비 오듯 한 땀방울
산 속을 새처럼 날고
쭉쭉 뻗은 나무처럼
             *

맨발의 청춘인 듯
손 내밀며 악수한다.
활기찬 氣
샘처럼 솟아오르고
또 오르면서

                    ※ 우면산에서 우연히 만난 천하 노인장사

인연

두 사람 인연이 닿아
끈을 만들고
서로 다른 틀을 잡아당기며
부딪힌다.

한쪽으로 당기면
기울다가 무너지고
저울질하며 깨를 볶기도
시이소를 타기도 한다

가슴속으로 키워온
둥그스름한 틀에는
매듭을 짓기도
풀기도 한다

샛별 같은 초롱한 별
쏟아지는 날들 기다리며
어둠을 엮어간다.

대추

천둥, 폭풍우
비구름 속에서

생의 최고의 날
새악시 치마폭에 던져준 선물
평생 누리는 행복이 되고

이십여 년 전
내 옷고름에 동여맨
한 아름의 대추

한 개는 님 품에서 쭈그런 빛으로
두 개는 탐스런 두 아들로
다른 한 개는 그늘이 되어 주는
뿌리를 내리고

햇살 쏟아지는 뜨락
반짝이는 잎새와 나뭇결 사이로
사랑이 속삭인다.

당신 옆에서

접시꽃이
머금은
오후의 잎새
싸릿문에
기댄 채
당신의
그늘에 가려
수백여 일
포개진 마디엔
이슬이
맺혀 있네
푸른 줄기 타고
하늘을 향한
설레임
보드라운 숨결에
서로
입맞춤하는
방울방울들
신선한 물줄기는

임연숙 시집

너와 나의

만남이 되어

꽃잎에

가로 누운 물살은

더욱 더 반짝이더라.

오묘한 향기로움을

날리며

새순이 돋아나는

믿음이란 씨앗 위에

자라온 사랑의 열매는

더욱 더 단단해지고

내 품에 기대어

저물어 가는 꽃잎은

더욱 더 아름다워라.

거센 폭우로

꽃잎을 떨구더라도

나날이

영글어 가는

햇볕을 쫓아

사랑의 촛불은

수만 리 길

화려한 불빛 아래

바라 볼 수 있다는

기쁨만으로

언제나

눈부신 창가에서

아침 햇살을 기다린다.

임연숙 시집

꽃잎처럼 눕다 제2장

푸른별

푸른별 쏟아지는 세상
물들어 가는 푸른 마음
푸른 새싹으로 피어난다.

봄

가슴을 풀어헤친 개울
속이야기 다 풀어 놓는 소리,
그 가슴속에 숨겨둔 조약돌 하나
꿈을 꾸며

돌아보면 아무것도 없고
바위 같은 마음 열고 있는

옷자락에 안기는 바람
살구꽃 수다 떠는
뒷 곁에서 문 여는 소리.

목 련

목련 꽃이 눈을 뜬다
꽃샘바람이 다독이고 있다.

잎새도 없이 가슴 부푼 나날들
꽃샘추위에 눈물을 흘린다.

봄 햇살에 친구를 부르듯
지저귀는 새 한 마리
화답 하고 있다.

복사꽃

한 떨기 웃음소리 울릴 때
한발 내디디며
화사한 신부의 볼 만큼
흐뭇하여라.

새 출발 언약하며
나와 당신의 걸음마다
웃음소리에 같이 웃으며
피고 진 나날

곁에 머무른
해와 달 사이로
부산떨던 그날들
향기로운 열매가 되길
하루 이틀 가꾸는

임연숙 시집

봄 비

뜸북새 울더니
검은 구름 속 무등타고
돌아온 안개비
도시의 소음 몰고 간다.

생선 비늘 털듯이
하루의 적막 씻어낸다.

초록의 눈망울
간지러운 듯
고개 들며 속삭인다.

꽃잎처럼 눕다

폭우에 젖어 울고 있다.
향기가 묻어난다.
마지막 울음을 터트리며
피어난 꽃잎들
향수에 젖은 시간
떨어져 뒹굴고 있다.

꽃잎에 물들다.
꽃잎에 누워
꽃잎에 잠들다.

오월의 장미

넝쿨장미 울타리를 장식하고 있다.

젊은이의 패기 넘친 당당함처럼
기세 등등 가시돋힌 사이로

연둣빛 잎새 줄기줄기
서로 어우러져 살아가듯

장미꽃 한 잎 찻잔에 띄워
친구의 추억을 더듬는다.

산책길

푸른 잎이 새살처럼 돋아난다

나무와 나무사이
힘이 용솟음치며
기지개를 켠다

싱그러운 녹음이 햇빛에
날개 달은 듯이 펄럭인다

산책길에 만발한 영산홍
붉게 웃고 있다

푸른 새잎이 벗이 되고
새들의 노랫소리
내 가슴속 심장 뛰는 소리이다.

악수 제 **3** 장

안개

가물가물하다.

강바람에 속옷을 적시며
은모래에 반짝이던 날들
뽀얗게 달려온다.

안개에 젖은 시간들
낙엽처럼 쌓인다.

어렴풋한 시간 속에서
타인을 모르고 살듯

몽롱한
뿌연 눈물자국이다.

스티로폼

세월의 아픔이 겹겹이
얼룩진 스티로폼에 달려 있다.

긴 병마와 싸우던 대기실
바닥은 가시밭길로 헤맨다.

스티로폼 사이로
그대의 체온이 내려와 앉는다.

하늘과 땅도 흐느끼며
달빛 사이에 잠든다.

세상은 가시방석이다.

* 스티로폼: 아버지 입원 병원대기실

막차

사람 냄새나는
밀치고 밀던 환승역
콩나물시루에서 물 빠져 가듯

눈이 오고
미끄러운 철길 위
눈물 한 방울의 온기로
추위를 녹이고
시계 바늘을 맞추며
종착지까지 달려간다.

예정된 목표지가 아니어도
되돌릴 수 없는 시간
수천 킬로를 달리는

가로등

하루살이의 춤사위가
치열한 밤

세상을 보다 까맣게 타버린
하룻밤의 불꽃들
길에 버려져 있다.

주 름

빙판을 조심조심하고
굽이굽이 고개를 넘어

포개어진 흔적
선명하게 드러낸다.

눈가에도
목덜미에도
액세서리가 되어

저물어 가는 한 해
또 하나의 층을 이룬다.

악 수

검버섯 손등 위로
천년의 피가 흐른다.

내밀었다 감춘 손마디
가까이 다가가면 갈수록
멀리멀리 물러간다.

구부정하게 건넨 손
물안개처럼 머무르다.
사라진다.

다시 만질 수 없는
기억의 동굴에서
손을 잡아 본다.

* 주: 아버지를 기억하며

아버지

산자락을 끌고 간 어둠과
부딪치는 세포의 진통을 벗고
고통의 시간을 잊으십시오
다시 떠오르는 환한 햇살과
미소 속에서 피어나는
내 영혼과 육체를 그려 보십시오
그대의 생명이 다시 피어나는 날
높은 탑을 바라볼수록
그대는 위대하십니다
병상에 누워
여물은 앵두 빛으로 가슴을 적셔 버리고
마알간 링겔로 커다란 폐활량을 갈구하며
따뜻한 체온으로 어루만지고
나지막이 우리를 지켜보십니다
긴 인생의 파도
구비 구비 고갯길을
헤매여야만 하는 날들
푸른 창공을 볼수 있다면
그대는 위대하십니다

당신의 이름
아버지
행운의 문이 열리는 날
날마다 피어나는 희망의 꽃은
기도로
빈 뜨락을 메꾸고
헤아릴 수 없는 사랑과
사랑의 울타리를 지키십시오
올 가을엔
영원한 사랑을 할 수 있게끔
황금빛 덧신을 준비하렵니다

임연숙 시집

해 후

땅거미도
집으로 들어선다.

어둠이 깔리면서
나뭇가지 사이로
초승달 내려앉는다.

가슴엔 달만한
그리움 깔아 놓고
산허리 기울면
별똥별 내려앉아
소원하나 이룰까

하루를 싣고 가는
꿈과 대화하며
나의 거친 발꿈치도
달빛에 잠겨본다.

바퀴

네모난 긴 세월을
헐떡이며 돌고 있다.

쇠 수레바퀴는
빵빵한 고무타이어로
바뀌었어도
고독의 빈 수레는
계속 돌고 있다.

연분홍 햇살이
하루를 구르면서
구겨진 얼굴도
휘파람 분다.

종종걸음으로
세월의 무게를 싣고
오늘도 걷고 있다.

눈 물

침묵의 창에서
흘러내리는
미로의 세계

그대의 끈끈한 마음
흐르는 향기
우리는 사랑했다.
눈물까지도

되돌릴 수 없는 메아리
허공에서 맴돌다.
숨은 달빛에 잠들고

푸른 들판 걸으면서
폭포 같은 눈물
추억을 삼킨다.

그리움

옥수수 하얀 수염사이로
아버지 굽은 어깨가
걸어간다

한평생 밭갈이 하며
소처럼 일하시다
칠팔월 불볕아래
적삼이 은행잎처럼
수를 놓더니

푸르게 솟아나는 잎사귀
알알이 맺힌 옥수수
구슬땀에 가쁜 숨결
거름이 되어

한 알 두 알
그리움으로 솟아나고
스쳐 지나가는
새소리, 바람 소리뿐

칼잠

낯선 곳에서 만난 세 사람
좁은 틈 사이
가시돋힌 혀를 내밀며
잠이 든다.

앙상한 뼈 사이로
떠다니는 영혼
검은 구름 속에서
허우적거리고 있다.

한쪽으로만 눕고
반드시 누울 수 없는
공간 속에서 싸우면서
나눔의 미학을 발견한다.

번갈아가며
한사람은 침대가 되기도 하며
베개가 되기도 하고
또 다른 사람은 편안히 잠드는 밤

서로 포개어도 찌그러지 않는
쿠션처럼 포근해져 오는 살갗들
토막 난 칼잠을 자면서
어둠을 베고 있다.

밀밭에서 제**4**장

장 날

칠월 어느 날 포장 친 막에는
한 줄기 비까지 세일이다.
호박 세일이다.
버섯 세일이다.

푯말 붙인 세일만 고르다가
한 자루

장맛비 오락가락
손님 오듯이
더운 찜통에 숨죽인다.

아파트 사모님보다
싱싱한 야채 파는 아줌마
건강미 넘치는 하루
이런 복이 어디 있을까?
수박 같은 얼굴로
환히 웃는다.

밀밭에서

토실한 누런 밀알
수근거린다.

수염이 옷깃에 박히고
새들이 내 옷깃마저 물고
같이 놀던 곳

밀알을 만지면
솜털이 되살아나고
등 언덕에서
잠이 들고 만다.

콧등에 달라붙어 되씹던
풍선껌으로 하늘을 만들고
밀짚대로 만든 여치집이
꿈꾸던 세상이었다.

야윈 아버지의 등 뒤를
지켜주던 구릿빛 흙 언덕

임연숙 시집

밟으면 더 단단해 지는 밀밭 길
햇살만큼 쌓이는 그리움이네.

항아리

계란을 동동 띄워 놓고
가라앉는가 본다
항아리에 소금간이 맞을까?

날이 갈수록
발그스름하니 누우런 빛
속이 깊어
그림자인가 보다

어느 날부터
항아리 옆에서
간장이 샌다.

너무나 그늘에 나둬서 일까
물은 새지 않는데
막이 없어서 일까?

임연숙 시집

텃 밭

푸른 계절이다.

거친 흙에서 손마디가 닳는다.

삽으로 이랑 만들고
호미로 텃밭 가꾸며
한평생 밭두둑 다지던 곳

굼벵이, 배추벌레 속살을 파헤쳐도

비온 뒤 뿌리내린
싱싱한 푸성귀
더 커져가는 텃밭

늘 푸른 하늘처럼
바라보던 아버지의 공간
까치 한 마리 지나간다.

비 오던 날

분수처럼 솟구치는 안달감
찻잔에 이슬방울 맺힌다.

하루를 먹물 갈듯 갈아
설계해 보고
밀물처럼 가버린
태엽을 되감아 본다.

후닥거리는 바람결에
빗방울이 눕고
눈물 따라 강이 되고
회색빛 도시의
그을림도 끌고 가는

창가에도마음에도

먹구름 북새통이다.

임연숙 시집

반딧불

어둠 속에서
비상을 꿈꾼다.

공중을 향해
번뜩이는 한줄기 불꽃
작은 가슴을 송두리째
모닥불 피우고

논둑길
달빛 속을 헤매며
빈병에 모으던 꿈
작은 불씨

접었다
다시 펴 보는

고무나무

손바닥만 한 잎으로
눈을 뜬다.

하늘을 향해
손짓한다.

아픈 기억은
고무로 살살 지우고
넓고 푸른 가슴
두 팔 벌리라며

늘 푸른 웃음으로
위로하고 있다.

강

갈잎의 뱃고동소리
요란하다.

꽃잎들이
황홀한 노를 젓는다.

산 그림자
품에 잠긴다.

구름의 집
모래알 같은 사연
포도알 같은 사랑

멈추다가
흐르다가
환희의 빛 찾아간다.

단풍 제 5 장

허 공

별밤이 쏟아지는 창가
내게로 달려와 품에 안긴다.

착각속의 밤인가
아무것도 잡히지 않는다.

별이 어디로 갔을까?
가끔 별을 입에 물어보고
키워보고 우러러 보다가
잠이 든다.

허공을 향해 손을 저어본다.
나비처럼 날아보다가
별밤은 흩어지고
허공 속에서 생각이 걸어 나온다.

수 많은 기억 속에서
밀려오는 가슴 벅찬 단어들
실에 꿰어본다.

단 풍

수천 개의 잎새는
햇빛을 업고 간다.

알록달록한 입술로
거리를 누빈다.

반쯤 밟히고
부서진 조각 위
고독을 씹던 여자
화려한 치장을 한다.

세상 바닥으로 내려앉아
수천 개의 입술을 세우며
툭툭 머리끝을 울린다.

낙엽 소리

바람이 바쁘게 왔다가
바쁘게 가버린다.

영혼의 바스락거리는 소리
바람에 흩날린다.

어느 모퉁이
서로 포개 잠들어도
평화로운 날

창문에서 춤추고 있을
수북한 사연들

바람의 옷자락을 붙들고
나도 먼길을 떠난다.

운동화

풋풋한 발걸음
아직도 발이 자란다.

사춘기의 꿈 신던
검은 운동화 한 켤레
삼년동안 보트처럼 커서
넓어져간 발바닥

방 아랫목 구들창 기대어
같이 잠들던 시절
보물처럼 아껴가며
푸른 젊음 신던

진흙 속에 뒹굴어도
가벼운 발걸음
빛이 나는 한해가 된다.

겨울나무

목이 마르다.

얼어붙은 대궁
까치밥마저
얼궈버린 찬 서리

얽히고설킨 뿌리
이 추위 속에서
더욱 우애가 깊어진다.

거센 바람에
뿌리째 통곡하며
서 있는 나무

차디찬 얼굴
햇살을 그리워한다.

들깨

하얀 웃음사이로
하늘이 열린다.

고추잠자리 넘나드는 들녘
화끈한 햇살로
톡톡 인생이 펼쳐진다.

제멋대로 소리쳐도
빛깔 나는 얼굴들
도란도란 정을 나눈다.

코스모스

가냘픈 초록 신을 신고
황토 빛에 하얀 면사포 쓰며
거리로 나선다.

어느새 햇빛에 그을려
붉은빛으로 변했을까?

석양에 꼬리를 잡아
핑크빛으로 물들었을까?

오가는 이 손 흔들며
고운 웃음 주고 간
내 연인처럼 다가오는.

눈 꽃

먼 길을 돌아
시린 가슴으로 핀 눈꽃

옷 벗은 가지엔
흰옷을 한 벌씩 입혀 주고
풍성한 마음으로
세상을 감싼다.

해맑은 웃음
반짝이는 미소는
따뜻한 가슴에 다가와
난로가 된 듯 훈훈하다.

아픈 등뼈 녹여 가며
고드름 되어 부서져도
세상살이 즐거움 되어
눈꽃으로 필 수 있다면.

눈꼬리

세상 밖 가장자리로
조금씩 굴러 간다.

세월의 무게 속에서
행복과 슬픔이 무엇인지
꽈리다발로 부풀어 있다.

까만 눈동자의 가장자리
시작도 끝도 알지 못하지만
꼬리를 달고 있다.

낮은 곳을 향해
웃고 있는 모습이
한 폭의 그림이 된다.

눈 물

여린 눈빛
눈물만 먹고 삽니다.

한번 흐르고 나면
고장 난 수돗물 되어
강물이 넘치고
헤어나기 힘듭니다.

오감으로 물들인
그늘진 구석을
눈물은 좋아 합니다.

산으로
들로
햇볕 좋은 곳으로 가서
말립니다.

임연숙 시집

마 음

잔잔한 호수
일렁이는 물결

보일 듯 말 듯 한 물결사이
한 물결이
한 물결을 휘감아도

이끼 낀 구석
맑게 씻어 내며
샘물이 솟아나는
물 밑바닥을 다듬는다.

나를 키우는
행복의 주름
푸른 물결로 가꿔본다.

십이월

텅 빈 나뭇가지 끝
매달려 있는 서러움
춤추고 있다

칼날 같은 잎새
휘몰아친 바람
아쉬워한 시간들
낙엽처럼 쌓여간다

맑은 새소리에 눈을 뜨고
소복히 쌓인 눈꽃송이에
가슴을 기대며
하루를 탐하고

얼어붙은 대지 위에
유리조각만큼
차디찬 음성들이
썰매를 타고 간다.

한여름 제6장

소나기

하늘가
머리를 풀어 헤치고
식은땀이 흐르네

도당 끝 내리치는 빗방울
난타가 시작되고
골 패인 처마 끝
함지박 물받는 소리
해묵은 설음 씻어 내며

하루는 범벅이 되어
물장구친다.

채송화

싹은
양떼구름을 타고
산들바람에 눈을 씻으며
홀로 핀 채송화

앉은뱅이 자세로
땅을 딛고

붉은빛, 노란빛으로
세상을 바라보고

고사리만 한 웃음으로
피어나는 너.

호박꽃

노란 꽃술을
파고드는
벌의 입맞춤 자리

꽃잎에 누워
물방울이 튀기면
눈을 비비며
까치발 뜨듯 일어선다.

긴긴해 다 끌어안고
꽃 마디 맺혀 있는
손톱만한 호박
손가락 마디만한
나날의 기쁨

메마른 들판에 뒹굴어도
붉은빛 단장으로
보름달 마냥 흥겨웁다.

계곡에서

계곡 물 위에
구름과 나무들이
거꾸로 매달려 있다
잽싼 피래미 사이로
발가락이 부채처럼 알룩거린다.

세월 속에서
거슬러 올라 갈수 없듯이
주어진 시간들이
몸부림치며 흘러간다.

작은 가슴의 행복과 슬픔
흐르는 물 끝자락
커다란 바다가 된다.

한여름

바람이 오후 내내 졸고 있다.

그물망에 파리마저 날리고

폭염 속 밤낮없이 울어대던
매미들의 합창소리
더위를 식히고 있다.

굵은 땀방울
바다를 향해 가고 있다.

신 록

가지마다 손들고
푸르게 소리치며
사방은 멀미를 한다

이글거리는 햇빛은
한낮을 즐기고

새들의 반주에 맞춰
잎사귀의 노래 소리
설레임으로 펼친다.

그림자를 끌어안으며
세상을 향해
함박 웃고 있다.

넝쿨을 따라서

푸른 의지와
꿈틀거리는 체온 사이로
빚어진 형상이

정해진 시각표에 따라
행진하고 있다

비늘 사이로 풍기는
위대한 생애와
그 행복의 무게는

갓 열리는
환희(영광)의 문이었다

심장 저편에
목화송이 같은 꿈

장미 같은 붉음이
이글거리는 정열 속으로

젊음이 있기에
희망의 불빛에
몰려든 열기

삶의 창조성을
불러일으키며
넝쿨을 뻗어

무한한 기쁨을
안은 네 입술

온갖 빛나는
멋과 맛을 준비하면서

화려한 외출을 기다리고 있다.

시인의 마음 제 7 장

시인의 마음

비단결에 자수 놓듯이
한 올 한 올 반짝이는
마을입니다

젊은 열정 불태우며
넓은 평야에
푸른 날개 그리며
정열의 시간을 보냅니다.

모자란 듯 미완성된 작품이
무한한 우주의 숨소리에
귀 기울이며
나도 시인입니다.

한편의 시 읊으며
문학을 평하고
인생을 논하며
상상의 집에서
구름 속 날아드는

고향

냉이꽃 한 다발
부케를 만든다.

흙냄새 풀냄새
상큼한 바람
마음은 나래 달고
삶은 핑크빛이다.

솔바람에
자작시 한 편 읊다가
노래 불러본다.

두둥실 흥겹다.

꿈꾸는 길

유리꽃 줄기에도
길이 있다.

얇은 은빛 날개
신비의 길 찾아
환한 물결 이루니

굽이친 길 위에
추억이 누워
눈부신 햇살 위에
설레인 마음
무지개 빛깔로 다가온다.

꿈꾸던 시 한 구절
바람에 펄럭인다.

새

도시로 날아온 새 한 마리
불빛에 눈이 부시다.

옛 미루나무
포근한 둥지가 그립다.

찔레가시 덤불도 그리워
눈을 감는다.

회색빛 콘크리트 안에서
날갯짓 하다가
벽에 부딪히고 다시 날아보는

빈 수레

고단한 길 수레를 밀고 간다.
두 다리가 된다.

빈 몸도 버거운데
다발처럼 매달려 가는
시간이 거미줄 친다.

녹슨 타이어의 아픔과
걸맞는 걸음걸이
진흙 속 흙탕길을 밀고 간다.

흰 구름 따라가며
무지개 잡으려고
오늘도 내일도
밀고 가는

거미

산등성이에 노을이 걸칠 때
은빛타래 풀어 집을 짓는다.

허공을 헤집다가
찾아든 벽과 벽 사이
실오라기 같은
달빛 걸린 삶

외줄타기로
거침없이 오르다가
시궁창으로 떨어져도
다른 실 뽑아 그물망처럼

달빛아래 엮어간 주소
이슬방울이 맺히고
대롱히 매달리다가

시 한 편

이른 아침 깨어나
물 한 모금 마시듯
산뜻한 시상을 마신다.

바쁜 일상 속에서
생각나는 사람 있듯이
내 마음속에 자리한 너

가슴에 자석처럼
따라와 붙는
새로운 시상이
하루의 양식이다.

한걸음 다가와
밝은 미소 피워주는
한 송이 꽃이다.

늘 잊지 못하는 너
시 한 편으로

어머니의 손 제8장

어머니의 손

팔십 평생
만능의 손은
소금 빛이다.

거북이 등의
사랑과 헌신은
어린 오남매 키우신
어머니의 손

진홍빛 기도는
벌 소리가 되어
윙윙거리고
어머니의 눈망울은
별빛으로 반짝이네

어머니

어두운 공간에
둥그런 창으로
끝도 시작도 없이
샛별 같은 날들이 쏟아집니다

단 꿀을 나르는 벌처럼
창으로 호흡하며
세상을 멀리 깊이
내려놓습니다
말없이 지켜봅니다
두근거리는 가슴으로
어머니의 창을.

임연숙 시집

토담집

벽돌을 쌓고
부슬비 내리는 날
그 벽을 세우고

스치는 바람이
나의 노랫가락이 되어
기둥을 세우고

별빛을 지붕삼아 기왓장을 놓고
새끼 꼬아 엮어간 이엉으로
담장을 만들고
남쪽으로 달린 파란 대문 달면

당신을 향한 꿈이 맺힌
토담집 사이로 꼬물거리던
아이들의 젖 냄새가
향수처럼 뿜어낸다.

진홍빛 기도는
벌 소리가 되어
윙윙거리고
어머니의 눈망울은
별빛으로 반짝이네

임연숙 시집

봄 날

산소 위에 뒹구는
떡갈나뭇잎을 긁어모으며

정리되지 못한 기억들
헝클어진 머릿결을 빗질하면

아버지의 환한 눈빛이
화살처럼 스쳐간다.

소나무 몇 그루 장승되어
의지하며 서있다.

영혼으로 다소곳이
술잔을 올린다.

창호지

달빛이 노닐다
흔들고 간 코스모스
꽃무늬 창호지 사이로
파란 하늘이 열리고

손가락으로
구멍 낸 살 사이로
배꽃 향기 날려 올 때
퍼즐조각 맞추듯이 배여오고

어머니가 끓이는 된장냄새
저녁 노을빛 물드는 창가에
가냘픈 목소리
문풍지 사이로 지나간다.

참 쑥

푸른 것들이
나를 탁 친다.

흙 속에서
연둣빛 속살로 기어 나와
은빛깔의 이슬은
눈동자 속에 낀 슬픔 닦아 주고

애써 웃음 짓지만
찢어진 잎새는
얼굴 돌리며
가로 눕는다.

흙속에서
새살처럼
쏙 돋아나는 참쑥

빈 집

뒷곁에 돌아 오른
샛노란 죽순들
누군가를 기다린다.

빈집을 오가는 그림자
바람 한 점
구름이 놀다 가고,

바람이 알려준
당신의 마음결에
새털 같은 느낌표 하나

봄볕을 머금고 일어서는
죽순들의 아우성

* 빈집: 생전에 사시던 시부모집

임연숙 시집

어머니의 아침

비바람에 쓰러져도
그늘이 되어 주고
버팀목이 되어 주는
생생한 아침인 것을

모난 그릇도
화려한 색상으로
바꾸어 놓는
장밋빛 얼굴

먼발치에서 바라만 바도
그런 좋은 눈길
뼛속까지 스미고 오는
목화송이 담장을 이룬다.

삶의 빛을 찾아가는
서정적 연주

해설

임원택(교사)

I. 삶의 연주가 시작되다

임연숙 시에는 생활의 피로를 풀어 주는 생명력의 발원이 자연으로부터 온다. 자연(nature)은 인간의 의식으로부터 독립하여 존재하는 객관적 실재로 그리스어로는 피시스(physis : 태어나다)라고 하는데 이것은 태어나서 성장하고 쇠퇴하며 사멸하는 것이 자연이라는 뜻으로, 아리스토텔레스의 정의에 따르면 '그 자체 안에 운동변화의 원리를 가진 것'이다.

자연은 다양한 사물들이 그들의 특징적인 형태를 실현하기 위해 투쟁하는 영역으로 명확하게 드러나지는 않지만 목적이 자연 전체를 지배하고 있다.

하늘가
머리를 풀어 헤치고
식은땀이 흐르네

도당 끝 내리치는 빗방울
난타가 시작되고
골 패인 처마 끝
함지박 물 받는 소리

해묵은 설음 씻어 내며

하루는 범벅이 되어
물장구친다.

『소나기』 전문

➡ 그의 시 『소나기』 속에서 우리는 소나기의 연주를 들으면서 삶의 피로를 풀어낸다. 자연은 악기의 연주자이다. 작가는 도당 끝 내리는 소나기의 빗방울 소리에서 "난타 연주" 를 생각해 낸다. 이러한 역동적인 자연의 연주를 통해 삶의 해묵은 때를 깨끗이 씻어 자연과 인간이 하나가 된다.

자연의 소리는 우리에게 힐링을 가져오고, 자연에 가장 가까운 물장구를 치고 있는 가장 천진난만한 어린이처럼 진정한 자신의 본연의 모습으로 돌아오는 자연의 법칙을 아는 그는 자연주의자다. 이처럼 임연숙의 시에는 자연에서 생명감을 얻는 주요한 매개체로 사용한다.

분수처럼 솟구치는 안달감
찻잔에 이슬방울 맺힌다.

하루를 먹물 갈듯 갈아
설계해 보고
밀물처럼 가버린

태엽을 되감아 본다.

후닥거리는 바람결에
빗방울이 눕고
눈물 따라 강이 되고
회색빛 도시의
그을림도 끌고 가는

창가에도마음에도
먹구름 북새통이다.

「비 오던 날」 전문

➡ 「비 오던 날」은 회색빛 도시에 작가 일상이 잔잔한 삶의 모습을 작품으로 보여주는 자리로, 도시의 사람들과 그 공간 속에서 기다림, 되새김, 우울함과 긴장이 반복되는 지친 일상을 비를 통해 북새통 속에서 바쁜 일상적인 삶을 아날로그 시계의 태엽처럼 반복적으로 되감으며 정해진 시간을 사는 소시민의 하루하루를 말하고 있는 것이다.

 작가는 「비 오던 날」로 정한다. 비는 눈물, 고독, 외로움이란 단어가 연상되고 또한 작가에게는 과거와 현재의 모습에서 쉽게 찾을 수 있는 단어라고 말한다. 구체적으로 말하자면 살아가고 있는 자신의 모습을 상징적으로 표현한다. 작품에 등장하는 거친 비바람에 찢어지고 망가져 버릴지 모를 현실의 위태로운 상황을 보여준다. 또한 그의 작품은 힘겨움을 이겨낸 과거에 대한 일기처럼 기록물이 되어 보여 준다. 이는 일상 속 삶의 의지를 기록

하는 것과 같이 인간의 존재성에 대한 애정과 연민이 보여 지며,
슬픔과 고독함으로 비쳐지는 일상에서의 탈출의 시간처럼 느껴
진다.

산등성이에 노을이 걸칠 때
은빛타래 풀어 집을 짓는다.

허공을 헤집다가
찾아든 벽과 벽 사이
실오라기 같은
달빛 걸린 삶

외줄타기로
거침없이 오르다가
시궁창으로 떨어져도
다른 실 뽑아 그물망처럼

달빛아래 엮어간 주소
이슬방울이 맺히고
대롱히 매달리다가

「거미」 전문

➡ 임연숙시는 「거미」를 통해 어둠이 밀려오는 긴박하고 치열한 삶의 현실을 그리면서 부딪치고 투쟁하며 끝없이 싸우다 지쳐 무너져 내려 시궁창에 떨어지지만, 또 다른 생명줄인 거미줄을 타듯 인간의 끊임없이 어려움을 극복하고 새롭게 살아가는 삶의 군상들 속에서 끈질긴 삶의 생명력을 가지고 거미줄을 잇듯이 삶을 엮어 가고 있다.

칠월 어느 날 포장 친 막에는
한 줄기 비까지 세일이다.
호박 세일이다.
버섯 세일이다.

풋말 붙인 세일만 고르다가
한 자루

장맛비 오락가락
손님 오듯이
더운 찜통에 숨죽인다.
아파트 사모님보다
싱싱한 야채 파는 아줌마
건강미 넘치는 하루
이런 복이 어디 있을까?

수박 같은 얼굴로
환히 웃는다.

「장날」 전문

➡ 「장날」을 통해 7월의 신록이 뿜어내는 강력한 삶의 역동성
이 살아 숨 쉬는 장날의 모습이 '비' 로 인해 세일이다.
세상의 사모님이라는 허세보다는 '세일' 이라는 고통을 참으며
삶을 긍정하는 장사꾼의 일상적인 생활에서 신성한 근로를 통하
여 건전한 삶의 정신을 찾고 있다.

사람 냄새나는
밀치고 밀던 환승역
콩나물시루에서 물 빠져 가듯

눈이 오고
미끄러운 철길 위
눈물 한 방울의 온기로
추위를 녹이고
시계바늘을 맞추며
종착지까지 달려간다.

예정된 목표지가 아니어도

되돌릴 수 없는 시간
수천 킬로를 달리는

「막차」 전문

➡ 임연숙 시인은 「막차」에서 각자 삶의 목적지를 향해 달리는 군상들의 모습을 그리고 있다. 시간은 되돌릴 수도. 저장할 수도 없는 것이 시간의 특성이다. 우리가 원하든 원하지 않든 기차는 정해진 시간에 정해진 종착역을 향해 달린다. 이것이 우리의 삶의 모습이고 우리는 이러한 시간 속에서 심장은 오늘도 삶의 종착역인 죽음을 향해 수천 킬로로 빠르게 달리고 있다.

별밤이 쏟아지는 창가
내게로 달려와 품에 안긴다.

착각속의 밤인가
아무것도 잡히지 않는다.

별이 어디로 갔을까?
가끔 별을 입에 물어보고
키워보고 우러러 보다가
잠이 든다.

허공을 향해 손을 저어본다.
나비처럼 날아보다가
별밤은 흩어지고
허공 속에서 생각이 걸어 나온다.

수많은 기억 속에서
밀려오는 가슴 벅찬 단어들
실에 꿰어본다.

「허공」 전문

➡ 그의 시 「허공」에서는 자신의 존재와 비존재 삶은 착각 속에서 때로는 어둠속의 별에게 물어 보지만 아무것도 잡히지 않는 미로게임처럼 살아가는 인간의 존재에 대한 질문을 하고 있다.

ㄹ. 나눔의 미학

임연숙 시에는 나눔의 미학들을 배경으로 깔려 있는 대목이 등장한다. '나눔'은 동적행위이다. 이러한 동적행위는 공간이 필요하다. 생과 사의 경계선의 병원의 좁은 대기실 공간에도, 자연의 공간에도 시인은 끊임없이 나눔의 미학을 말하려 하고 있다. 나이가 들수록 나누는 기쁨을 느끼는 것이 정말 소중하다는 생각이 든다. 여유가 있어서? 먹고 살만하니까? 가진 것이 많아서? 타인을 위하여? 라는 대답이 아닌 "기쁨은 나눌수록 커지고 슬픔은 나눌수록 작아진다" 는 말처럼 자신이 가지고 있는 작은 것 하나를 나눔으로써 다른 사람이 기쁨을 느끼고 나도 그로 인하여 즐겁고 행복하다면 그것이 바로 나누는 기쁨일 것이다.

먼 길을 돌아
시린 가슴으로 핀 눈꽃

옷 벗은 가지엔
흰옷을 한 벌씩 입혀 주고
풍성한 마음으로
세상을 감싼다.

해맑은 웃음
반짝이는 미소는

따뜻한 가슴에 다가와
난로가 된 듯 훈훈하다.
아픈 등뼈 녹여 가며
고드름 되어 부서져도
세상살이 즐거움 되어
눈꽃으로 필 수 있다면.

「눈 꽃」전문

➡ 그의 시 「눈꽃」에서 세상에 헐벗고 추위에 떨고 있는 시린 가지에 눈꽃처럼 아름다운 마음으로 나무를 감싸며 자신의 등뼈를 녹여가며 희생하는 눈꽃처럼 청결하고 지고지순한 사랑을 통해 깨끗하게 살아가며 세상의 즐거움을 주기를 바라는 작가의 삶의 모습을 엿볼 수 있다.

목이 마르다.

얼어붙은 대궁
까치밥마저
얼궈버린 찬 서리

얽히고설킨 뿌리
이 추위 속에서
더욱 우애가 깊어진다.

거센 바람에
뿌리째 통곡하며
서 있는 나무

차디찬 얼굴
햇살을 그리워한다.

「겨울나무」 전문

아픈 기억은
고무로 살살 지우고
넓고 푸른 가슴
두 팔 벌리라며

늘 푸른 웃음으로
위로하고 있다.

「고무나무」 중에서

➡ 그러나 「겨울나무」에서는 이들의 앙상하고 차디찬 영혼들일지라도 작가는 이것을 그리워하고, 이 문제를 해결하려 한다. 그러한 해결책으로 「고무나무」에서는 고무로 삶의 아픔을 지우듯 고무나무처럼 남을 위로할 수 있는 존재로서 '피안'은 가능하다. 고무나무와 지움을 잘 연결하여 삶과 연결하는 작가의 뛰어난 연상이 돋보이는 대목이다.

삶의 어두운 부분을 지워버림으로써 무거운 현실로부터 가벼워질 수 있다. 따라서 삶이 비워짐으로 우리는 비상할 수 있다.

낯선 곳에서 만난 세 사람
좁은 틈 사이
가시돋힌 혀를 내밀며
잠이 든다.

앙상한 뼈 사이로
떠다니는 영혼
검은 구름 속에서
허우적거리고 있다.

한쪽으로만 눕고
반드시 누울 수 없는
공간속에서 싸우면서
나눔의 미학을 발견한다.

번갈아가며

한사람은 침대가 되기도 하며

베개가 되기도 하고

또 다른 사람은 편안히 잠드는 밤

서로 포개어도 찌그리지 않는

쿠션처럼 포근해져 오는 살갗들

토막 난 칼잠을 자면서

어둠을 베고 있다.

「칼잠」 전문

➡ 이러한 정신은 「칼잠」을 통해 병원의 대기실에서 삶과 죽음
의 문제 앞에서 서로 만나 같이 존재하지만 서로 믿을 수 없는
존재, 의지할 수도 없는 낯선 이방인들의 집단이다.

문제에 대한 해결책으로 세상은 자신의 이기와 독선이 가득 찬
좁은 공간이지만 삶의 공간을 조금씩 양보하며 좋은 세상을 만
들기 위해 칼잠을 돌려가면서 눈 부침을 하는 서로의 나눔을 통
해 모든 사람이 행복을 누릴 수 있는 '나눔의 미학'으로 이 사회
를 상생의 길로 해결하려는 작가의 의도를 보여 주고 있다.

3. 일상 그 아름다움

임연숙의 시에는 일상 「호박꽃」같이 수수하지만 그 아름다움이 있다.

비바람에 쓰러져도
그늘이 되어 주고
버팀목이 되어 주는
생생한 아침인 것을

모난 그릇도
화려한 색상으로
바꾸어 놓는
장밋빛 얼굴

먼발치에서 바라만 바도
그런 좋은 눈길
뼛속까지 스미고 오는
목화송이 담장을 이룬다.

「어머니의 아침」 전문

고단한 길 수레를 밀고 간다.
두 다리가 된다.

빈 몸도 버거운데
다발처럼 매달려 가는
시간이 거미줄 친다.

녹슨 타이어의 아픔과
걸맞는 걸음걸이
진흙 속 흙탕길을 밀고 간다.

흰 구름 따라가며
무지개 잡으려고
오늘도 내일도
밀고 가는

「빈 수레」 전문

➡ 「어머니의 아침」에서 어머니의 능력은 무한하다. 세상의 모든 어려움, 버거운 일들을 목화솜 이불처럼 따스함과 어둠이 지나고 아침이 되듯이 어머니의 손길은 싱싱함을 주는 존재. 그러한 존재가 어머니이다.

이 세상의 어버이들은 힘든 짐을 어깨에 메고 뒤로 물러 설 수도 없고, 앞으로 걸어가야만 하는 고달프고 힘든 삶 속에서 빈손으로 왔다가 빈손으로 가는 것처럼 「빈 수레」를 몰며 녹슨 타이어처럼 몸은 망가져 가며 오늘도 내일도 꿈을 향해 밀고 간다.

검버섯 손등 위로
천년의 피가 흐른다.

내밀었다 감춘 손마디
가까이 다가가면 갈수록
멀리 멀리 물러간다.

구부정하게 건넨 손
물안개처럼 머무르다.
사라진다.

다시 만질 수 없는
기억의 동굴에서
손을 잡아 본다.

「악수」 전문

➡ 그의 시 「악수」에서는 이러한 살아가고 사라지는 반복되는 일상생활 속에서의 과정을 통하여 천년의 피가 흐르며 '역사' 라는 것을 만든다. 과거로 되돌아가고 기억하려 하지만, 세월은 가까이

다가가면 갈수록 멀리 멀리 물안개처럼 아스라이 사라진다.

그리고. 살아가고 사라지고. 이러한 일상 속에서 삶과 죽음이 하나 되어 기억이라는 강이 되어 흐른다. 그 강물 밑으로 하나의 퇴적층이 형성된다. 우리는 오늘도 이러한 기억이라는 지적행위를 통하여, 기억의 동굴 퇴적층 속에서 찾아낸 역사라는 과거와 악수라는 교감을 통하여, 우리가 추구하는 진정한 삶의 모습을 찾고 있다.